AF176572

Christoph-Maria Liegener

Der heilige Sebastian

Ein analytischer Roman

© 2021 Christoph-Maria Liegener

Herstellung und Verlag:
BoD – Books on Demand, Norderstedt
Cover-Bild: Shutterstock

ISBN:
9783755736714

Inhalt

Vorwort

Die hier erzählte Geschichte erhebt keinen Anspruch auf Authentizität. Neben all den Legenden um den heiligen Sebastian sollte eine freie Interpretation seines Martyriums erlaubt sein. Das umso mehr, als der historische Wahrheitsgehalt der Legenden umstritten ist. Sebastian soll 288 n.Chr. das erste Mal von Diokletian in Rom hingerichtet worden sein. Zu dieser Zeit befand sich aber Diokletian an den Nord- und Ostgrenzen des Reiches. Die diokletianische Christenverfolgung begann erst 303 n.Chr.

Aber nicht um Geschichtsschreibung oder geschichtliche Genauigkeit soll es in diesem Büchlein gehen, sondern um ein unterhaltsames Eintauchen in die Legenden. Unter anderem hat mich die Motivation des Heiligen interessiert. Diese soll im Kontext des Geschehens analysiert werden.

Christoph-Maria Liegener

Vorgeschichte

„Du schummelst", schrie Titus wütend, als Sebastianus wieder einmal eine Sechs gewürfelt hatte.

Zu fünft vergnügten sich die Jungen beim Würfelspiel im Atrium der Villa, in der Sebastianus' Familie lebte. Das Würfelspiel war im Rom der Kaiserzeit sehr beliebt.

Titus konnte es nicht ertragen zu verlieren und stürzte sich auf Sebastianus. Schon prügelten sich die beiden. Die anderen drei Freunde feuerten sie an. In der Hitze des Gefechts ging eine herumstehende Amphore zu Bruch. Oh je, das würde Ärger geben! Die Jungen ergriffen die Flucht. Nur Sebastianus, der ja hier wohnte, blieb zurück.

Als seine Eltern nach Hause kamen und die Bescherung sahen, stellten sie Sebastianus zur Rede. Der wollte seine Freunde nicht verpetzen und nahm die Schuld auf sich. Eine Züchtigung mit der Rute folgte als Strafe auf dem Fuße.

Als die Freunde das nächste Mal bei ihm zu Besuch waren und die Striemen auf seinem Rücken sahen, regte sich bei Titus das schlechte Gewissen. Er ging zu Sebastianus' Eltern und erzählte, wie es sich wirklich zugetragen hatte. Die Eltern entschuldigten sich bei Sebastianus für die Schläge und lobten seine Tapferkeit beim Erdulden der zu Unrecht erlittenen Strafe.

Der fand Gefallen an diesem Schema. Ein Unrecht zu erdulden, dann rehabilitiert und gefeiert zu werden – das war das Größte!

Das sollte ihm später noch oft so gehen. Wie das Leben so spielt, geschieht einem Menschen in seinem Leben öfter Unrecht, als ihm lieb ist, und man jammert dann. Im Allgemeinen jedenfalls scheint das so zu sein. Sebastianus dagegen akzeptierte das ihm widerfahrene Unrecht klaglos, sah es im Grunde als vom Schicksal so gewollt an. Er verzichtete in solchen Fällen darauf, einen sinnlosen Kampf um sein Recht auszufechten, und vertraute stattdessen darauf, dass letztlich die Gerechtigkeit siegen würde. Er würde dann als der ungerecht Behandelte siegreich dastehen. Immer wieder hatte er mit dieser merkwürdigen Methode Erfolg. Sollte die Gerechtigkeit sich nicht beizeiten einstellen, so blieb ihm die Zuversicht, dass es eines Tages schon noch dazu kommen würde. Dafür würden die mächtigen Götter sorgen.

War es nun selektive Wahrnehmung, die ihm vorgaukelte, dass die Gerechtigkeit langfristig siegte, oder spiegelte sich in seinem speziellen Fall eine Realität wider, die es so nur selten gab? Ganz allgemein kann man ja wohl nicht von der Wunschvorstellung ausgehen, dass immer die Gerechtigkeit siegt, es sei denn, man nimmt das Jenseits mit hinzu.

Selbst bei Sebastianus siegte nicht immer die Gerechtigkeit. Beim Unterricht erlitt Sebastianus jedenfalls einmal ein Unrecht, das nicht korrigiert wurde. Er und seine Geschwister sollten einige auswendig gelernte Verse Homers aus dem Gedächtnis aufschreiben, wobei sein Bruder Publius schummelte und von einer Textrolle abschrieb, während der Lehrer, ein griechischer Sklave, gerade den Raum verlassen hatte. Als der Lehrer überraschend wieder hereinkam, konnte Publius gerade noch die Textrolle unter Sebastianus' Tisch stoßen. Der Lehrer sah sie, verdächtigte Sebastianus des Betrugs und es setzte Prügel. Sebastianus konnte natürlich nicht seinen Bruder verpetzen, so dass die Wahrheit nicht herauskam. Was Sebastianus tröstete, war das Bewusstsein, dass sein Buder hinfort an seinem schlechten Gewissen zu leiden haben würde. Das genügte ihm.

Auch später, als Sebastianus sich im Militär hochdiente, widerfuhr ihm gelegentlich Unrecht. So wurde einmal seiner Zenturie ein Strafmarsch auferlegt, weil jemand von ihnen sich unerlaubterweise an den Vorräten bedient haben musste und dieser Dieb nicht festgestellt werden konnte. Gaius, der es in Wirklichkeit gewesen war, erzählte herum, dass er Sebastianus zur fraglichen Zeit in der Nähe des Vorratslagers gesehen hätte.

Der Gewaltmarsch brachte die Männer bis an die Grenze der Erschöpfung. Klar, dass sie danach nicht gut auf Sebastianus zu sprechen waren. Ein entsprechendes Mobbing blieb nicht aus, wobei keiner dem armen Sebastianus offen von der Verdächtigung erzählte. So war das eben unter Soldaten: Man verriet einen Kommilitonen nicht, hielt die Reihen geschlossen, aber ließ den vermeintlich Schuldigen den Druck der Gemeinschaft spüren.

Sebastianus konnte sich denken, dass etwas nicht stimmte, und war bereit, das Unrecht zu ertragen, auch wenn er sich keiner Schuld bewusst war. Wie immer vertraute er auf eine höhere Gerechtigkeit. Es ging eine ganze Weile so weiter, bis Gaius bei einer Wiederholungstat ertappt wurde. Jeder konnte sich nunmehr denken, dass er es wohl auch beim ersten Mal gewesen war, aber auch diesmal sprach es keiner aus. Die Kommilitonen hatten jetzt ein schlechtes Gewissen, Sebastian die Tat zugetraut zu haben. Offene Entschuldigungen gab es nicht, aber Sebastian gehörte wie selbstverständlich wieder zur Gemeinschaft dazu.

Für ihn hieß das: Die Gerechtigkeit hatte sich wieder einmal durchgesetzt.

Unrecht zu erdulden in der Hoffnung auf spätere Gerechtigkeit, verlangte eine gewisse Opferbereitschaft. Die hatte Sebastianus ganz eindeutig, was für einen Soldaten nicht ganz ungefährlich war. Wann immer für einen gefährlichen Auftrag ein Freiwilliger gesucht wurde, meldete er sich als erster. Das geschah aus der ihm eigenen Überzeugung, dass er für sein Leiden wie für ein erlittenes Unrecht entschädigt werden würde. Natürlich wurde tatsächlich sein Einsatz immer wieder gewürdigt und er erhielt als militärische Auszeichnung öfter die Armillae. Er galt als furchtlos.

Dabei kannte er Angst durchaus wie fast jeder Mensch, aber er konnte sie bezwingen. Das gehörte bei einem Soldaten dazu. Als sie am Rhein gegen die Alemannen kämpften, wurde sein Feldlager von den Feinden angegriffen. Seine Zenturie befand sich auf vorgeschobenem Posten und die Verstärkung, die angefordert war, würde erst später eintreffen. Sebastianus verteidigte mit ein paar tapferen Gefährten einen Turm. Es gelang den Germanen nicht, ihn einzunehmen. Auf dem engen Raum waren die Römer mit ihren Kurzschwertern gegenüber den langen Speeren der Germanen im Vorteil. Verwundet wurden sie alle, aber im Gegensatz zu den anderen überlebten sie. Die übrigen Römer, die sich im Feldlager aufgehalten hatten, wurden alle getötet.

Als die Verstärkung eintraf und die Germanen vertrieb, warf man Sebastianus vor, seine übrigen Leute im Stich gelassen zu haben und nur sein eigenes Leben gerettet zu haben. Das war absurd: Sie alle waren überrumpelt worden und jeder der Römer hatte auf seinem Platz tapfer gekämpft. Sebastianus hatte lediglich Glück gehabt, sich am Turm befunden zu haben. Alle hatten sich gegenseitig unterstützt, so gut sie konnten.

Als sich diese Einsicht durchgesetzt hatte, fühlte Sebastianus sich wieder einmal in seinem Vertrauen auf eine höhere Gerechtigkeit bestätigt. Er wurde befördert und in die Heimat nach Rom versetzt.

Ein Elitesoldat

Zurück in Rom genoss er erst einmal das Leben. Er streifte mit seinen Freunden durch die Tavernen und feierte die Feste, wie sie fielen. Bei den Bacchanalien war es dann um ihn geschehen. Er hatte bereits ordentlich dem Wein zugesprochen, als eine der Mänaden – Livia hieß sie, wie sich später herausstellte – es auf ihn abgesehen hatte. Nur mit einem Hirschkalbfell bekleidet und mit einem Thyrsusstab zur wilden Musik wedelnd zog sie ihn mit in den Tanz hinein. Dann fanden die beiden sich irgendwann in einem abgelegenen Winkel wieder und knutschten herum, ohne dass es allerdings zum Letzten gekommen wäre.

Sebastianus traf sich noch öfter mit dieser Livia. Die beiden mochten sich immer mehr und schließlich verlobten sie sich.

Auf seinen Rang konnte Sebastianus nun wirklich stolz sein. Als Hauptmann im Rang eines Centurio der Prätorianergarde am kaiserlichen Hof in Rom stellte er etwas dar. So sah es fast jeder. Er selbst hatte ein gewisses Problem damit.

Bewährt hatte er sich auf den Schlachtfeldern im Norden. Was er jetzt machte, kam ihm allerdings im Vergleich dazu schäbig vor. Er befehligte unter anderem eine Abteilung römischer Soldaten, die Christen verfolgten. Statt gegen wilde Krieger zu kämpfen, verfolgten sie alte Männer, Frauen und Kinder. Und nur deshalb, weil die Unglücklichen etwas glaubten, das den Römern nicht gefiel. Sie deswegen zu maßregeln, war doch keine Aufgabe für einen Krieger! Weigern konnte er sich nicht, aber immerhin konnte er manchmal die Betroffenen heimlich vor den anstehenden Razzien warnen und auf diese Weise viele Leben retten.

Hatte er das anfangs aus Mitleid getan, so war es ihm später ein dringendes Bedürfnis geworden, insbesondere, nachdem er selbst irgendwann zum Christentum übergetreten war. Die Gründe für seinen Glaubenswechsel konnte er kaum nennen.

Es gab keine übernatürliche Erscheinung, keine plötzliche Erleuchtung, kein Wunder, nichts von alledem. Im Gegenteil, es war eher erbärmlich. Der Schmutz seines jetzigen Handwerks widerte ihn an, Überdruss plagte ihn, er fühlte sich deprimiert wie ein geschlagener Soldat nach einer verlorenen Schlacht.

Was er miterleben musste, nahm ihn stark mit. Die armen Leute, die verdächtigt wurden, Christen zu sein, wurden gesucht, gejagt, gefangen, dann gefoltert, bis sie gestanden. Danach wurden sie aufgefordert, Christus abzuschwören und den Kaiser anzubeten. Weigerten sie sich, wurden sie bei lebendigem Leibe verbrannt. Sebastianus konnte das kaum mitansehen und war doch Mittäter. Was ihn schließlich ganz zusammenbrechen ließ, war die Tatsache, dass die Sterbenden gemeinsam Lieder sangen, in denen sie ihren Gott lobten und sich auf das ewige Leben freuten, während sie brannten. Ihm, dem kampferprobten Soldaten, kamen dabei die Tränen. Er verspürte das Bedürfnis, sich davon zu distanzieren, etwas dagegen zu tun, wusste aber, dass er keine Chance hatte. Das sollte das großartige römische Reich sein, auf das er so stolz war? Sie verbrannten wehrlose Menschen! Wie ein geprügelter Hund schlich er sich davon.

Seine innere Leere wollte er irgendwie wieder füllen, aber auch das nicht in einem spontanen Entschluss. Er begann langsam, nach einem Sinn für sein Leben zu suchen, überall, auch in den Religionen. So viele Religionen gab es. Warum entschied er sich letztlich für das Christentum?

Er hatte persönlich eine Niederlage erlitten, seine Ideale waren zerplatzt, nun war er nichts mehr als ein desillusionierter Soldat. Das Christentum galt vielen als eine Religion der Verlierer und auch er fühlte sich jetzt moralisch als Verlierer. Das Evangelium der Christen baut die Verlierer auf. Sie sagen: „Die Letzten werden die Ersten und die Ersten die Letzten sein." Das beschreibt ihre Hoffnung auf eine ausgleichende Gerechtigkeit im Jenseits, etwas, wovon Sebastianus schon immer überzeugt war.

Der geschlagene Soldat wird Christ. Das würde passen.

Wenn er, Sebastianus, zwischen Verlierern und Gewinnern wählen sollte, würde er stets die Verlierer bevorzugen. Er war stark und konnte gut kämpfen. Trotzdem schlug er sich meist auf die Seite der Schwachen, statt den Starken nachzulaufen. Die Schwachen brauchten ihn, die Starken nicht. Den bequemen Weg ging er selten.

Wenn auch das Christentum noch schwach war, so gab es doch auch diejenigen, die prophezeiten, dass das Christentum die anderen Religionen verdrängen würde. Warum sonst würden die Römer die Christen so erbittert bekämpfen? Würde die Religion der Verlierer sich zum Schluss als die siegreiche Religion entpuppen? Würde er, wenn er sich dieser Religion anschlösse, nicht mehr der Verlierer bleiben, als den er sich empfand, sondern auf geheimnisvolle Art siegreich sein?

Nein, so profan dachte er nicht! Es ging ihm nicht um den Sieg. Er wollte wirklich an etwas glauben, wovon er überzeugt war. Vieles am Christentum traf auf sein tiefstes Verständnis, aber auch andere Religionen hatten ihre Stärken. Warum also das Christentum?

Nächstenliebe predigten auch andere Religionen, ein ewiges Leben versprachen andere ebenso. Das allein konnte es nicht sein. Ihn packte nach und nach das persönliche Erleben der Überzeugung der einzelnen Anhänger dieser Religion. Sie gingen für ihren Glauben in den Tod. Das bedeutet einen gewaltigen Unterschied zu einem Lippenbekenntnis. Es ist etwas anderes, den Tod theoretisch für besiegt zu erklären oder ihn wirklich selbst gelassen hinzunehmen. Da musste eindeutig das persönliche Vorbild Jesu gewirkt haben, das die ersten Christen mitgerissen hatte und das bis in Sebastianus' Zeit weitergewirkt hatte. Darauf lief es hinaus: Jesus, der die Menschen überzeugt hatte und über bloße Worte hinausgegangen war, indem er sich selbst für die Menschen geopfert hatte. Dass Jesus seinen Tod aus freien Stücken geplant hatte, daran gab es kaum einen Zweifel. Daran, dass er dies im Auftrag seines Vaters getan hatte und dass jener Vater Gott selbst war, gab es schon Zweifel. Noch mehr Zweifel gab es an seiner Auferstehung. Aber wenn man sich erst einmal entschloss, all dies zu glauben, eröffnete sich eine einmalige Lehre und die Leute, die diesen Glauben teilten, waren bereit, ihr Leben dafür zu opfern. Eine verschworene Glaubensgemeinschaft, die einem Bewunderung abverlangte! Irgendwann kam der Zeitpunkt, da er dieser Glaubensgemeinschaft angehören wollte.

Die Lehre konnte, wenn man sie genau studierte, ganz schön kompliziert sein. Manchmal erschien sie ihm sogar widersprüchlich. Aber er war ja nur ein dummer Soldat, kein Schriftgelehrter. Warum sollte er sich um irgendwelche theologischen Details kümmern?

Das Geheimnis von Jesu Erfolg bestand nicht zuletzt darin, dass er nicht endlos über Theorien dozierte, sondern seine Lehre vorlebte. Wenn er predigte, tat er das prägnant, gebrauchte am liebsten Gleichnisse, die jeder sofort verstand. Für eine pointierte Aussage riskierte er auch schon mal die Konsistenz. Da ist einerseits seine Aufforderung: „Liebt eure Feinde!" Andererseits sagt er: „Ich bin nicht gekommen, um Frieden zu bringen, sondern das Schwert." Manche hatten Schwierigkeiten mit der zweiten Aussage. Sebastianus nicht.

Das war eine Sprache, die Sebastianus, der Soldat, verstand: Man soll bereit sein, alles für seinen Glauben zu tun, bis zum letzten Blutstropfen zu kämpfen. Wenn man Jesu Wort in diesem Kontext hört, versteht man es und Sebastianus verstand es so. Er verstand auch die andere Aussage, die der Feindesliebe. Er kam gar nicht auf den Gedanken, die beiden Aussagen miteinander in Einklang bringen zu wollen. Beides für sich hatte Geltung, ein allgemeingültiges System, das beide vereinte, wollte er nicht konstruieren.

So war es mit vielen Aussprüchen Jesu: Sie sollten keine Lehrsätze sein, sondern Bonmots, die spontan begriffen wurden.

Die direkte Ansprache der Gläubigen ist das, was wirkt. Bei Sebastianus wirkte sie.

Die Theorie einer Religion erscheint oft als ein gewaltiges Gedankengebäude, von dem man erwartet, dass es widerspruchsfrei sein soll. Dieses abstrakte Gedankengebäude wird errichtet und immer weiter verfeinert, aber es ist nicht das, was im Gläubigen immer präsent ist. Schon beim Aufnehmen der Lehre wird diese vom Geist des Individuums gefiltert und an die eigene Persönlichkeit angepasst, wie es mit allen Sinneseindrücken ist.

Es entsteht in jedem Menschen etwas Neues, Einzigartiges. Aber auch das ist nicht perfekt, nicht konstant. In jeder Situation seines Lebens konzentriert sich der Mensch auf andere Aspekte seiner Religion und schneidet diese auf die Situation zu. Dabei handelt er intuitiv. Nur selten greift er auf Dogmen zurück. So jedenfalls war es bei Sebastianus.

Was den Gläubigen indes berührt, ist das Ritual, besonders die dabei gebrauchten Worte. Die Worte der Wandlung zum Beispiel riefen in Sebastianus tiefste Ehrfurcht hervor. Sie erinnerten ihn an das Zentrum seines Glaubens und taten dies, ohne viel zu Begründung zu benötigen.

Sebastianus glaubte an Jesus Christus, das ewige Leben und die Nächstenliebe. Begründen mochten das andere.

Der Gewissenskonflikt

Nun gehörte er also jener Glaubensgemeinschaft an. Ein mutiger Schritt für einen, der wusste, wie konsequent die Römer ihre Christenverfolgung durchführten. So wurde er zu einer Art Doppelagent. Offiziell römischer Soldat, aber heimlich Christ. Immerhin musste er in seiner Position nicht mehr selbst töten. Das hätte er wohl nicht verantworten können. Trotzdem blieb es fragwürdig, wie er sich verhielt. Viel von dem, was er tun musste, widerstrebte ihm. Viel konnte er aber auch auf diese Weise für seine Glaubensbrüder tun: Er erleichterte ihre Haftbedingungen, soweit es ihm möglich war, er sprach mit ihnen und schmuggelte Nachrichten, die sie mit anderen Christen austauschten, hinein und hinaus dem Kerker. Und doch fühlte er sich machtlos und befand sich in einem Gewissenskonflikt. Tat er überhaupt das Richtige oder sollte er sich offenbaren?

Er wusste es nicht. Was er aber wusste, war, dass die ganze Zeit ein Damoklesschwert über ihm schwebte. Er konnte jederzeit enttarnt werden.

Das wurde ihm einmal mehr klar, als er Livia seinen Glaubenswechsel gestand.

„Bist du wahnsinnig?", rief sie aus. „Wenn das herauskommt, bist du tot!"

„Ich bin vorsichtig. Es wird nicht so leicht herauskommen. Und wenn schon: Das Risiko nehme ich in Kauf."

„Ist ja schön, dass dir das nichts ausmacht zu sterben. Aber was ist mit mir? Ich hänge am Leben. Wenn wir tatsächlich eines Tages heiraten sollten, bin ich mit dran. Das muss ich mir erst noch überlegen."

Die Reaktion hätte besser sein können, aber immerhin hatte sie es akzeptiert. Zur Hochzeit würde er sie schon noch überreden.

Gern hätte er mehr für die Christen getan, aber da gab es Grenzen. Gefangene Christen zu befreien, ohne dass er selbst

ertappt wurde, erwies sich als fast unmög-
lich.

Einmal war es ihm gelungen. Er hatte
die Wachen unter irgendeinem Vorwand
weggeschickt und den Kerker geöffnet.
Dann hatte er sich von Felix – so hieß der
Gefangene – fesseln lassen. Als die Wachen
zurückkehrten, hatte er behauptet, von
dem Gefangenen überwältigt worden zu
sein. Da der Gefangene ein germanischer
Hüne war, glaubte man ihm, obwohl er als
erfahrener Soldat mit jedem Gefangenen
hätte fertig werden müssen. Natürlich hatte
er sich damals ein wenig verdächtig ge-
macht, aber er war der Centurio. Keiner
verfolgte die Sache weiter.

Felix, der Befreite, hatte sich danach in
den Katakomben versteckt und Sebastianus
hatte ihn dort besucht.

„Hier ist es wenigstens schön ruhig",
hatte er seinen Freund aufmuntern wollen
als sie im Fackelschein neben den verwes-
ten Leichen standen.

„Na ja, lebende Gesellschaft wäre mir lieber als diese Gerippe", scherzte Felix gutmütig.

„Was willst du", ging Sebastianus auf ihn ein und fügte hinzu: „Tote haben etwas für sich. All das verlogene Getue der Menschen haben sie hinter sich. Sie sind die Verkörperung der Ehrlichkeit. Weißt du übrigens, warum Skelette nicht lügen?"

„Nein", antwortete Felix.

„Weil sie so leicht zu durchschauen sind", lachte Sebastianus.

Felix lachte höflich mit. Da Sebastianus ihm das Leben gerettet hatte, war es das Mindeste, dass er über seine blöden Witze lachte. Aber Sebastianus ließ nicht locker:

„Weißt du, warum Skelette immer so gut drauf sind?", fragte er.

„Nein, aber du wirst es mir sicher gleich sagen", gab der arme Felix zurück.

„Weil ihnen nichts mehr auf den Magen schlagen kann", amüsierte sich Sebastianus.

„Nicht schlecht", kommentierte Felix und fügte hinzu. „Aber jetzt lass es mal wieder gut sein mit deinen Scherzen."

Das war das erste Mal, dass Sebastianus einen Gefangenen befreit hatte. Ein zweites Mal war es ihm auf ähnliche Weise gelungen und er wurde wieder ein paar seiner Witze los. Aber nun wurde man ihm gegenüber schon misstrauischer. Ein drittes Mal würde es ihm nicht gelingen.

Und doch wollte er es ein drittes Mal versuchen, da Marcus, ein guter Freund von ihm, im Kerker saß und auf seine Überstellung ins Colosseum wartete, wo er den Löwen zum aussichtslosen Kampf vorgeworfen werden sollte. Das war, so absurd es sich anhört, eine große Ehre. Nicht jeder durfte mit den Löwen auftreten. Aber Marcus war auch nicht irgendwer, sondern Wagenlenker im Circus Maximus, was bedeutete, dass er vom Publikum gefeiert wurde. Das verhinderte allerdings nicht, dass sein Leben verwirkt war, als herauskam, dass er Christ war. Sein großer Auftritt mit den Löwen war im Anschluss an die Gladiatorenkämpfe geplant, die direkt vor seinem Auftritt mit dem obligatorischen Kampf eines Murmillo gegen einen Retiarius enden sollten.

Die ganze Veranstaltung sollte erst zu den Saturnalien stattfinden, so dass noch einige Zeit blieb.

Sebastianus fühlte, dass er alles tun müsse, um Marcus zu befreien. Noch hatte er genügend Zeit, einen Plan zu schmieden. Diesmal würde er die Wachen mit Gold dafür bestechen, dass sie wegsahen und den Gefangenen helfen, die Wachen dann zu überwältigen. Allerdings gab es auf diese Weise Zeugen. Ein riskanter Plan. Er sollte ihm zum Verhängnis werden.

Er erzählte seiner Verlobten Livia von seinem Plan. Livia und er waren sich in ihrer langen Verlobungszeit nicht mehr näher gekommen als am Anfang. Die körperliche Anziehungskraft war geblieben, aber eine Seelenverwandtschaft zwischen ihnen hatte sich nicht abgezeichnet. Um sich ungestört aufeinander einzulassen, verbrachten sie gerade ein paar freie Tage gemeinsam auf dem Land. Sie hatten sich umso leichter dazu entschlossen, als die Sommerhitze das Leben in der Stadt unerträglich machte. Vorher hatten sie sich noch ein Mimenschauspiel im Pompeiustheater angesehen. Die Posse des Lentulus handelte von Liebesabenteuern der Götter. Livia gefiel sie, aber Sebastianus fand sie albern.

Am nächsten Tag waren sie also aufs Land gefahren. Es hatte seit Wochen nicht mehr geregnet und der Boden in Latium dürstete nach Wasser.

Livia hatte ihnen beiden je einen Teller klare Gemüsebrühe zubereitet und präsentierte ihr Meisterwerk voller Stolz. Sebastianus warf gerade noch einen prüfenden Blick aus dem Fenster auf die sich verdichtenden Wolken und meinte:

„Sieht nach Regen aus."

Livia, die mit der Brühe beschäftigt war und seinen Blick in den Himmel nicht bemerkt hatte, antwortete:

„Ist aber Gemüsebrühe. Du solltest nicht nach dem Aussehen, sondern nach dem Geschmack urteilen."

Sebastianus verzichtete darauf, das Missverständnis aufzuklären. Sie ließen es sich schmecken und Sebastianus lobte ausdrücklich Livias Kochkünste. Das war er ihr jetzt schuldig.

Bald darauf regnete es.

In einem Jahr wollten sie nun doch heiraten und begannen, Pläne zu schmieden, die sie auch überall herumerzählten. Nicht alle freuten sich darüber. Es gab da einen gewissen Leukippus – auch ein römischer Soldat und Kollege von Sebastianus –, der wütend über den Erfolg seines Konkurrenten war. Er schäumte vor Eifersucht, hatte er doch selbst um Livia geworben, aber gegen Sebastianus den Kürzeren gezogen. Nun wollte er sich rächen.

Unter dem Vorwand, sie warnen zu wollen, erzählte er Livia, dass Sebastianus ein heimliches Verhältnis mit der wunderschönen Clodia unterhalte.

Livia, die keinerlei Erfahrung mit Intrigen hatte, glaubte die Lügengeschichte. Sie beobachtete Sebastianus genau und glaubte Anzeichen seiner Untreue zu entdecken. So schön sie war, so einfältig war sie wohl auch, was dazu führte, dass sie glaubte, sich rächen zu müssen. So verriet sie Sebastianus' Befreiungsplan an den Präfekten, der sein Vorgesetzter war. Damit waren die Römer gewarnt und Sebastianus wurde auf frischer Tat ertappt.

Seine Verdienste in den Kriegen halfen dem armen Sebastianus nun nicht mehr. Er kam vor Gericht.

Als die Neuigkeiten sich verbreiteten, lief Livia schadenfroh zu Clodia und fragte sie:

„Willst du deinem geliebten Sebastianus nicht vor Gericht beistehen?"

Clodia fiel aus allen Wolken:

„Seit wann soll Sebastianus mein Geliebter sein. Ich liebe nur Lucius. Wer behauptet denn so etwas?"

„Leukippus", stammelte Livia. Da fiel es ihr wie Schuppen von den Augen. Leukippus begehrte sie selbst für sich! Er hatte seinen Nebenbuhler loswerden wollen und sie belogen! Und er hatte Erfolg damit gehabt. Sie war darauf hereingefallen!

Verzweifelt besuchte sie Sebastianus im Kerker und gestand ihm alles: ihre falschen Verdächtigungen und den Verrat.

Sebastianus beruhigte sie:

„Mach dir keine Vorwürfe. Von deinen Verdächtigungen wusste ich nichts. So konnten sie mich auch nicht kränken. Dein Verrat hat nur beschleunigt, was ohnehin mein Schicksal gewesen wäre. Früher oder später hätten sie mich sowieso erwischt."

„Aber so trage ich die Schuld", wandte Livia ein. „Kannst du mir verzeihen?"

„Ja, ich verzeihe dir. Mach dir um mich keine Gedanken mehr", sprach Sebastianus ihr gut zu und fügte hinzu: „Nur tu mir einen Gefallen und tröste dich nach meinem Tod nicht gerade mit Leukippus."

Vor Gericht bekannte Sebastianus sich stolz zu seinem christlichen Glauben. Allein darauf stand schon der Tod. Hinzu kam seine versuchte Gefangenenbefreiung. Es sah schlecht aus.

Der erste Tod

Sebastianus wurde zum Tod durch Pfeilschüsse verurteilt. Kaiser Diokletian persönlich hatte das Urteil unterzeichnet. Als einen letzten Gnadenakt bot Diokletian dem verdienten Soldaten noch an, ihm das Leben zu schenken, wenn er ihn, Diokletian, als Gott Iovius anbetete. Das Christentum verbot die Anbetung anderer Götter und so weigerte sich Sebastianus. Damit war sein Schicksal besiegelt.

Auf dem zentralen Platz des Castrums seiner Abteilung wurde er an einen Pfahl gebunden. Fünf numidische Bogenschützen schossen jeweils zwei Pfeile in seinen Körper. Die zehn Pfeile trafen alle und, nachdem der Legionsarzt ihn untersucht hatte, erklärte er ihn für tot.

Er wurde zur Seite gelegt, wo ihn Irene, eine christliche Freundin, später barg und zu sich nach Hause brachte, um ihn zu bestatten. Ein Arzt, den sie rief, fand, dass noch Leben in Sebastianus war. Er versorgte seine Wunden und kurierte ihn aus.

Eigentlich handelte es dabei um ein Wunder. Wen die Römer für tot erklärten, der war normalerweise auch tot. Aber rein theoretisch hätte die Heilung auch noch auf natürliche Weise zustande gekommen sein können. Sebastianus selbst wagte kaum, an ein Wunder zu glauben, aber dass Gott ihm große Gnade erwiesen hatte, das schien ihm offensichtlich zu sein und es bestärkte ihn in seinem Glauben.

Als Sebastianus endlich völlig genesen war, durfte er sich dennoch nicht offen auf den Straßen Roms zeigen. Schließlich war er zum Tode verurteilt worden. Er traf sich aber heimlich mit den Christen, für die er vorher so viel getan hatte.

Die Christen wunderten sich, ihn lebendig zu sehen und wurden misstrauisch. Wieso lebte Sebastianus und war frei? Hatte er sie verraten? So viele von ihnen waren verurteilt worden, seit Sebastianus enttarnt worden war.

Das mochte wohl so sein, aber es lag natürlich daran, dass Sebastianus nicht mehr zur Verfügung stand, um sie warnen zu können.

Im Grunde hatte sich das Misstrauen der Christen Sebastianus gegenüber schon lange aufgebaut. Sein Beruf als Soldat in Diensten des Kaisers war nur widerwillig geduldet worden, weil man seinen Nutzen für die Gemeinde nicht leugnen konnte. Aber man verachtete ihn deswegen, ganz ähnlich wie zu Jesu Zeiten die Zöllner von den Pharisäern verachtet worden waren.

Neid und Missgunst spielten wohl selbst bei diesen frommen Menschen eine Rolle. Sie fragten sich, ob es angemessen war, dass Sebastianus eine Art Auferstehung erleben durfte. Die Kreuzigung und Auferstehung waren nur Jesus vorbehalten, jede Nachahmung galt als blasphemisch. Schon Petrus hatte nicht gekreuzigt werden wollen wie Jesus und hatte sich deshalb kopfüber kreuzigen lassen. Jesu Passion war heilig und durfte nicht nachgeahmt werden, auch nicht zufällig.

Sebastianus hatte ein Tabu gebrochen. Das kam erschwerend zu seinem angeblichen Verrat hinzu. Er wurde wie ein Aussätziger von den Christen behandelt.

Bei den Christen im Untergrund konnte er also nicht bleiben.

Auf die Straßen und in die Öffentlichkeit konnte er auch nicht. Wenn er sich von den Römern sehen lassen würde, würden sie ihn gleich noch einmal hinrichten. Ähnlich dürfte es seinerzeit auch beim auferstandenen Jesus gewesen sein. Die Befürchtung, noch einmal hingerichtet zu werden, dürfte der Grund gewesen sein, warum Jesus sich nach seiner Auferstehung nur seinen Anhängern gezeigt hatte. Das hatte ja auch gereicht. Überzeugender für die Gläubigen wäre natürlich das Zeugnis seiner Feinde gewesen, aber das wäre zu teuer erkauft gewesen. Wieviel Tode hätte er denn noch sterben sollen? So leicht war das Sterben letztlich auch nicht.

Parallelen gab es auch mit der Akzeptanz der Auferstehung. Bei Jesus hatte Thomas es zunächst nicht glauben wollen. Dann hatten sich seine Anhänger gefreut. Bei Sebastianus waren sie nicht begeistert gewesen. Es gab also einen Unterschied zwischen Jesus und Sebastianus. Jesus war freudig empfangen worden. Aber auch er blieb nicht lange, gerade einmal 40 Tage. Warum so kurz? Für vom Tode Auferstandene war unter Menschen nicht der rechte Platz. Mit einem Unsterblichen kamen die Sterblichen nicht klar.

Was nun die Überzeugung der Gläubigen betraf, die schwieriger war, wenn nicht auch die Feinde die Auferstehung bezeugten, so gilt: Für die Gläubigen brauchte es letztlich nicht so einfach zu sein. Ein wenig Glauben musste ein Christ schon selbst aufbringen. Diese Leistung machte das Bekenntnis dann umso wertvoller.

Sebastianus war also auf dieser Welt nicht mehr erwünscht. Wo sollte er bleiben? Die Katakomben entfielen genauso wie die Öffentlichkeit. Sebastianus konnte nicht auf ewig bei der Witwe Irene versteckt bleiben. Auch zu Livia wollte er nicht. Sie hatte sich entgegen seinem Wunsch nach seiner Hinrichtung doch mit Leukippus eingelassen. Sebastianus war schon zu sehr auf Distanz zu seinem bisherigen Leben gegangen, als dass er es ihr noch übelgenommen hätte. In ihre neue Beziehung wollte er sich nicht hineindrängen. Was vorbei war, war vorbei.

Wo sollte er hin?

Natürlich hätte er im Schutz der Nacht aus Rom fliehen können. Aber wohin? Innerhalb des riesigen römischen Reiches hätte er als vogelfrei gegolten, außerhalb der Grenzen des Reiches wäre er als Römer verhasst gewesen. Und dann kam noch etwas hinzu: Sein Stolz verbot ihm, sich wie ein Dieb davonzuschleichen. Seiner Überzeugung nach hatte er sich richtig verhalten und dazu wollte er stehen.

Trotz der Gefahr beschloss Sebastianus, sich den Römern zu stellen. Lieber noch einmal getötet werden, als von den eigenen

Freunden für einen Verräter gehalten zu werden, sagte er sich. Außerdem gefiel ihm der Gedanke, von seinen Mördern bezeugen zu lassen, dass er überlebt hatte. Letztlich bedeutete das ein Opfer für seinen Glauben und für Opfer hatten Christen im Allgemeinen und Sebastianus im Speziellen eine Ader. Für ihn bedeutete das: Je größer das Unrecht war, das er erlitt, desto größer würde die Wiedergutmachung im ewigen Leben sein. Diesem Schema war er sein ganzes Leben lang gefolgt.

Also ging er an den Hof des Kaisers und wurde vor Diokletian gebracht.

„Siehst du, dass mein Gott mich beschützt?", schleuderte er dem Kaiser trotzig entgegen.

Der Kaiser entgegnete:

„Das wollen wir doch erstmal sehen!"

Das Urteil stand fest: abermals der Tod.

Wenn Sebastianus gehofft haben sollte, den Kaiser durch deine wundersame Heilung zu bekehren, so hätte er sich jedenfalls getäuscht.

Aber diese aberwitzige Hoffnung hatte er nicht wirklich gehegt. Er wollte nur nach so vielen Jahren der Heimlichtuerei für seine Überzeugung einstehen.

Der zweite Tod

So erwartete Sebastianus seine zweite Hinrichtung. Sie sollte im Stadion der Domus Augustiana stattfinden. Diokletian saß auf seinem Thron auf einer Tribüne, um die Hinrichtung selbst zu überwachen.

„Jetzt wird sich zeigen, ob du das wieder überlebst", verhöhnte der von sich selbst überzeugte Kaiser sein Opfer.

Man sagt: Wer sich in Gefahr begibt, kommt darin um. Das Risiko hatte Sebastianus gekannt und nicht gescheut. Nun schleuderte er Kaiser Diokletian entgegen:

„Ich mag sterben, aber mein Glaube wird weiterleben. Meine Wiederkehr beweist, dass ich keine Angst vor dem Tod habe."

Diokletian befahl, ihm an Ort und Stelle den Schädel mit Keulen einzuschlagen. Sebastianus hatte dem Tod schon so oft ins Auge gesehen, dass er in diesem Augenblick keine Angst mehr hatte. Sein Vertrauen auf das ewige Leben hatte sich verselbstständigt, losgelöst von all dem theologischen Beiwerk. Auf diese reine Zuversicht konzentrierte er sich, als das Urteil verkündet wurde und sie blieb ihm bis zum Ende.

Aber noch etwas ging ihm durch den Kopf, während er auf den Tod wartete: Er freute sich über die zukünftige Reue der Zurückbleibenden. Nicht die Römer meinte er damit. Die wenigsten von ihnen würden Reue empfinden. Nein, die Christen meinte er, die ihn falsch verdächtigt hatten und nun endlich einsehen würden, dass sie ihm Unrecht getan hatten.

Das genoss er: dass die Welt erkennen würde, ihm Unrecht getan zu haben. Wie so oft in seinem Leben vertraute er auf eine ausgleichende Gerechtigkeit, in diesem Fall sogar auf die ultimative Gerechtigkeit, die Gerechtigkeit im ewigen Leben. Ein ungeahntes Lustgefühl durchströmte ihn, es ging ihm gut.

Nicht immer war sein Glaube so unerschütterlich gewesen, wie er es sich gewünscht hätte. Es gab oft keine Notwendigkeit, sich eindeutig zu entscheiden. Bei manchen Gelegenheiten indes gab es diese Notwendigkeit und dies hier war so eine Gelegenheit. In diesem Moment der Todesbereitschaft vertraute er felsenfest auf seine Überzeugungen, sein Glaube festigte sich ein letztes Mal und konzentrierte sich auf die Erwartung des ewigen Lebens, so dass er im Augenblick des Todes von jedem Zweifel frei war und der Vollstreckung des Urteils mit Zuversicht entgegensah.

Offenen Auges sah er den ersten Keulenschlag kommen. Die Keule krachte auf seinen Kopf. Sebastianus hatte Glück. Bereits dieser erste Schlag tötete ihn auf der Stelle, so dass er nichts mehr spürte. Weitere Schläge folgten, bis sein Kopf nur noch Matsch war. Um ganz sicher zu gehen, ließ Diokletian den Leichnam dann noch zerstückeln.

Diesmal überlebte Sebastianus seine Hinrichtung nicht. Da hätte es schon ein deutlicheres Wunder gebraucht als das erste und das war nicht vorgesehen.

Die Körperteile wurden unter höchster Geheimhaltung in die Cloaca Maxima geworfen, jenen größten römischen Abwasserkanal, der in den Tiber mündet. Keiner sollte die Überreste finden.

Jedoch erschien Sebastianus der Christin Lucina Anicia im Traum und teilte ihr mit, wo seine Körperteile zu finden wären. War es sein Geist, der dafür sorgen wollte, dass das schlechte Gewissen ihm gegenüber ausgelebt werden konnte? Jetzt kam nämlich die ausgleichende Gerechtigkeit zum Zuge, auf die Sebastianus immer gewartet hatte. Das schlechte Gewissen plagte seine Glaubensbrüder. Sie hatten ihn des Verrats an ihrem gemeinsamen Glauben verdächtigt und dabei war er für diesen ihren gemeinsamen Glauben in den Tod gegangen. Sie mussten das wiedergutmachen. Sie mussten sein Andenken ehren. Er war ein Heiliger! Seine Überreste sollten sie an ihn erinnerten und daran, wie sie ihn behandelt hatten. Sie würden seine Reliquien verehren!

An der gezeigten Stelle wurden die Teile tatsächlich von den Christen geborgen und in den Katakomben bestattet. Nun endlich glaubten die Christen an Sebastianus' Treue und verehrten ihn als Märtyrer.

Der jetzige Tod galt als Bestätigung seiner Glaubwürdigkeit, während das Entkommen vom Tod seinerzeit als verdächtig gegolten hatte.

Ähnlich war es bei Jesus: So charismatisch er gewesen sein muss, erst sein Tod verhalf seiner Lehre zum Durchbruch. Die Auferstehung änderte nichts mehr daran. Man nahm sie ihm nicht übel. Warum? Weil sie mit überirdischen Erscheinungen verbunden war. Wenn man sie überhaupt glaubte, dann glaubte man auch an das Übernatürliche, an das Wirken Gottes.

Bei Sebastianus lagen die Dinge anders. Er war auf ganz natürliche Weise gesundgepflegt worden.

So geschah das, was angemessen schien. Sebastianus wurde weiterhin als sterblicher Mensch angesehen, wurde aber wegen seiner Glaubensfestigkeit und Tapferkeit als Heiliger verehrt. Ein großer Prediger war er nie, auch kein frommer Eremit oder sonst irgendwie als Christ hervorgetreten – bis auf eben sein Martyrium. Ansonsten war er nur ein normaler Mensch, der versucht hatte, das zu tun, was er für das Richtige hielt. Das Erstaunliche ist: Auch so kann man ein Heiliger werden.

So reihte er sich ein in die lange Reihe der Heiligen, die von den Gläubigen verehrt werden. In dieser Verehrung tritt die Persönlichkeit des Heiligen zurück hinter seinem Ruf und das hat viel Gutes zur Folge. Viele Menschen glauben, dass die Anrufung eines Heiligen Hilfe bringen kann. Der heilige Sebastian gilt als Schutzpatron der Sportler, der Soldaten, der Sterbenden und vieler weiterer Menschengruppen. Vor allem wird er um Hilfe bei Seuchen angerufen, da seine Anrufung zum Erlöschen der Justinianischen Pest in Rom geführt haben soll. Die Seuchen, bei denen er hilft, können variieren. Im Altertum und Mittelalter war es die Pest, in der Neuzeit Aids, heute könnte es Corona sein. Ob seine Anrufung hilft oder der Glaube daran, wer weiß das schon? Was ist kausal und was Zufall? Die Anrufung des heiligen Sebastian verleiht zumindest Zuversicht. Sebastianus hat sich das nicht ausgesucht und dennoch ist es für viele ein Segen.

Ist nun Sebastianus im Jenseits für sein Martyrium belohnt worden? Auch das wissen wir nicht. Ob er gefunden hat, was er erwartet hatte, ob er für die ihn Anrufenden bei Gott bittet, ob er noch seine menschlichen Gefühle hat und ob er glücklich dabei ist, all das wissen wir nicht. Wir wissen nicht einmal, ob wir ihn für das bewundern, was er getan hat. Hätte man sich selbst so entschieden? Macht ihn die Entscheidung zu einem Heiligen? Es ist eine Frage, die jeder für sich entscheiden kann. Sebastianus hatte seine Entscheidung getroffen und es gibt keinen Zweifel, dass sie mutig und ein Zeugnis seines Glaubens war.

Er hatte lange danach gestrebt, seinem Leben einen Sinn zu geben. Das war ihm letztlich gelungen.